輕輕對你說

Slowy Slowy grow old with you.

我們來告訴你，
所謂「歡迎回家」幸福的元素。

曾經我有一個溫暖的家，

現在我露宿在公園為家。

曾經我有人愛，

現在我不敢愛，

謝謝妳們的出現，讓我又找到被愛的感覺。

我想輕輕對妳說：

「謝謝妳們，不把我當浪浪。」

我們來自不同的爸媽，

我們來自不同的地方，

可是我們卻在這裡成為了彼此的唯一。

雖然，我們會為了玩具互相吵架。

雖然，我們會為了你的愛互相爭寵。

但，只有和彼此睡在一起才會有甜甜的夢。

我想輕輕對你說：

「謝謝你，帶我們回家，讓我們有了手足。」

從搜救犬退休後，

可以在舒服的床上睡覺。

可以每天睡到飽，

真是太美好了。

我想輕輕對妳說：「謝謝妳給我第二人生。」

暖暖的午後，徐徐的微風，喜歡漫步在你身後。

圓圓的食物，暖暖的愛心，喜歡你故意留下的小驚喜。

我想輕輕對你說：「謝謝你，總是分享給我最好的。」

謝謝你在我流浪時，帶我回家。

我會緊賴在你身旁，

陪伴你，度過每一年的四季，

所以，你不要覺得孤單難過，

努力的站起來，繼續向前走！

我想輕輕對你說：

「不要害怕！你都還有我。」

妳口罩下的印記，是美麗的痕跡。

防護衣下的汗水，是天使的眼淚。

謝謝妳站在防疫戰場前線，

謝謝妳們替大家守護生命最後一秒。

妳是凡人，

面對困難會受傷、會害怕。

妳是勇士，

面對困難不退縮、不放棄。

我想輕輕對妳說：

「妳要好好治病，我們等妳回家一起吃飯。」

為了吸引妳的注意，我最喜歡搗亂了，

搞亂毛線球、搞亂客廳。

但妳總是溫柔地收拾，並且摸摸我，

從不責怪我……

我想輕輕對妳說：「我才是老大。」

妳不高興了幾天、妳不吃飯了幾天。

妳不工作了幾天、妳哭了好幾天。

趴在妳背上，抓抓妳。

我想輕輕對妳說：「不管怎樣，我都在。」

一個人北上打拼，

一個人住著套房，

還好打開門總是能看到妳。

有妳陪著我，陪我睡覺、陪我吃飯。

我想輕輕對妳說：

「謝謝妳，陪我一起努力生活。」

孩子的爸去工作不在家裡，還好有小黃在身邊陪伴著。

小黃陪著大寶長大，一起迎接二寶。

是大寶的大玩伴、是家裡的大保鑣。

我想輕輕對你說：「你身兼數職辛苦了，晚上給你加菜。」

那天要拍家族照，

攝影師說：「一家五口準備好了嗎？」

爸爸說：「不！我們是一家六口。」

我想輕輕對你說：「你，永遠是我們家人。」

以前妳陪我長大，
現在妳陪我做夢。

這是夢想的店，
這是咪醬的店。

咪醬奶奶總會巡視每朵花，
咪醬奶奶總會招呼每個人。

我想輕輕對妳說：
「麻煩妳，這店長要當久一點。」

孩子大了，老伴走了，
唯一陪著我釣魚的，
只剩巧克力你了。

我想輕輕對你說：
「謝謝你，一直陪著我。」

每當夜晚來臨，總是會想起離巢的孩子們。

但妳總會跳進我懷裡陪著我入睡，讓我可以放下想念。

我想輕輕對妳說：

「謝謝妳陪伴我們，度過這些思念的夜晚。」

或許我們不同，得經過眾多努力才能一起生活。

或許我們不同，得接受他人不一樣的眼光。

但在你眼裡，我們沒有不同。

或許我們無法有個孩子，

但，

我想輕輕對你說：

「你就是我們的孩子，陪我們上山下海一輩子。」

從光明離去後，我足不出戶。

從光明離去後，我抑鬱度日。

但，

從可魯來到後，我試著探索人生。

從可魯來到後，我重新找回笑容。

我想輕輕對你說：

「謝謝你，成為我的眼，陪著我。」

你從搜救犬工作崗位退休後來到我們家，

卸下那些責任後，你終於可以做自己。

我想輕輕對你說：「這些年你辛苦了，你是大家的英雄。」

我們想輕輕對你說：

「謝謝你，歡迎回家。」

獻給

在這個美麗的地球上，

永遠對人類保有良善的每一位毛小孩。

希望在看完這本書籍，

可以大力的擁抱永遠等你回家的小家人，

或是打開你的回憶盒想著當天使的他或她。

那位，

因為愛著你，

無條件相信著你，

每天自己孤獨著等你回家，讓你成為最幸福的他或她。

———————————————— KIDISLAND 兒童島

輕輕對你說
Slowy Slowy grow old with you

2022年5月20日初版第一刷發行

作　　　者	KIDISLAND兒童島
編　　　輯	王靖婷
美術編輯	竇元玉
發 行 人	南部裕
發 行 所	台灣東販股份有限公司
	＜地址＞台北市南京東路4段130號2F-1
	＜電話＞(02)2577-8878
	＜傳真＞(02)2577-8896
	＜網址＞http://www.tohan.com.tw
郵撥帳號	1405049-4
法律顧問	蕭雄淋律師
總 經 銷	聯合發行股份有限公司
	＜電話＞(02)2917-8022

TOHAN